まど・みちお詩集

# ぞうさん

童話屋

# 目次

装幀・画　島田光雄

# ぞうさん

ぞうさん
ぞうさん
おはなが　ながいのね
そうよ
かあさんも　ながいのよ

ぞうさん
ぞうさん
だれが　すきなの
あのね
かあさんが　すきなのよ

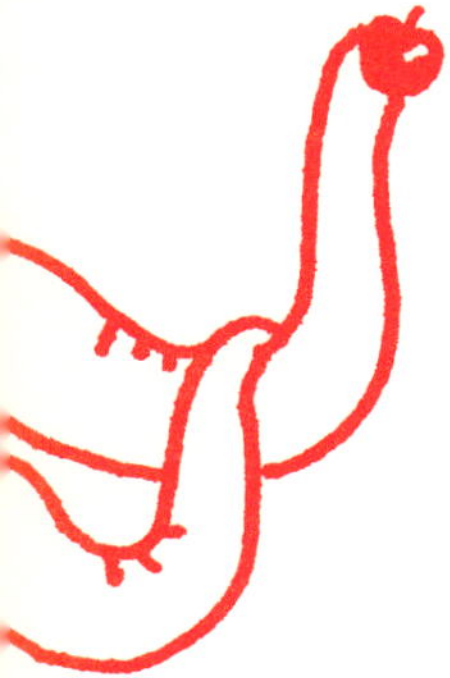

# くまさん

はるが　きて
めが　さめて
くまさん　ぼんやり　かんがえた
さいているのは　たんぽぽだが
ええと　ぼくは　だれだっけ
だれだっけ

はるが　きて
めが　さめて
くまさん　ぼんやり　かわに　きた
みずに　うつった　いいかお　みて
そうだ　ぼくは　くまだった
よかったな

# うさぎ

うさぎに　うまれて
うれしい　うさぎ
はねても
はねても
はねても
はねても
うさぎで　なくなりゃしない

うさぎに　うまれて
うれしい　うさぎ
とんでも
とんでも
とんでも
とんでも
くさはら　なくなりゃしない

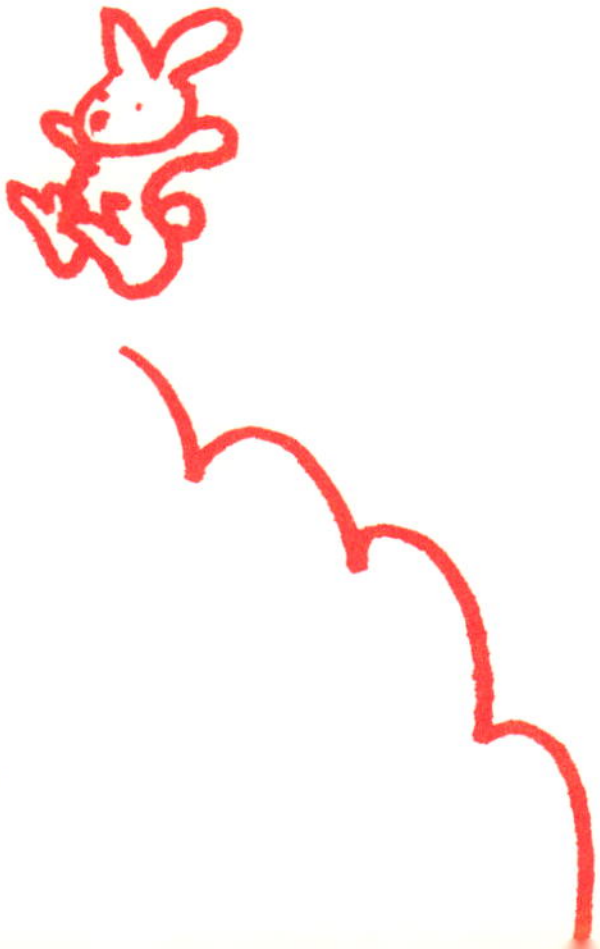

# いいな　ぼく

たまごから
でて　みたら
いいな　ぼく
あおむし
いい　かおで
はっぱ　もぐもぐ
ふとる　ふとる

にじの　ゆめ
さめて　みたら
いいな　ぼく
ちょうちょう
いい　はねで
はなへ　ひらひら
とべる　とべる

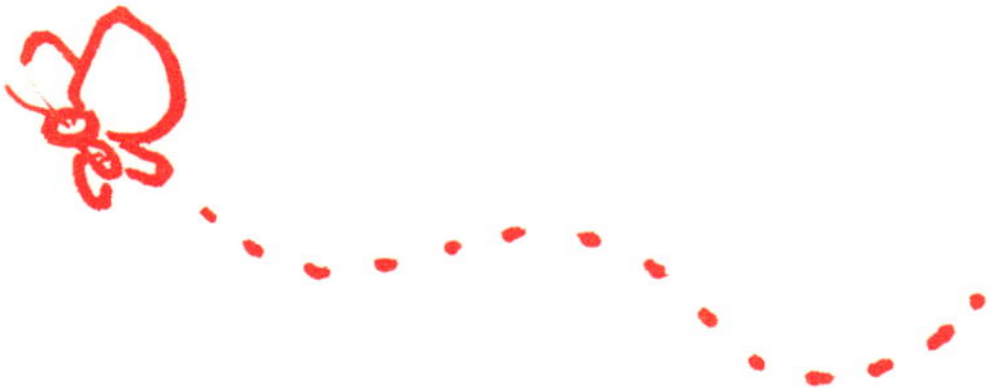

# みちばたの　くさ

みちばたの　くさ
ちいさな　くさ
ゆきすぎかけて
よく　みたら
あった　あった　あった
はなが　あった
あおい　ちいさな
ほしのよう

みちばたの　はな
ちいさな　はな
かお　くっつけて
よく　みたら
あった　あった　あった
においも　あった
とおい　いつかの
うたのよう

# いっぱい　やさいさん

きゅうりさんは、
きゅうりさんなのが
うれしいのね。

すずしそうな
みどりの　ふくに、
きらきら　びーずを
いっぱい　つけて。

たまねぎさんは、
たまねぎさんなのが
うれしいのね。

ありったけの　ふくを、
みーんな　きちゃって。
まあるまる
ふとっちゃって。

らでぃっしゅさんは、
らでぃっしゅさんなのが
うれしいのね。

まっかで、
まあるくて、

かわいくて。
しっぽ　なんか
だしちゃって。

とうもろこしさんは、
とうもろこしさんなのが
うれしいのね。

はーもにかに　なって、
じぶんで
ふいてるよ。
きんいろに　ひかる
あきの　うただよ。

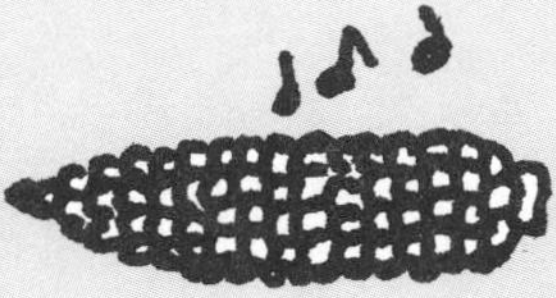

ほうれんそうさんは、
ほうれんそうさんなのが
うれしいのね。

やわらかそうな
はっぱを、
ふさふさ　しげらせて。
きれいな　ぴんくの
あしもとから……

わあ　いっぱい！
みーんな　やさいさん！

じゃがいもさんは、
じゃがいもさんなのが
うれしいのね。

でこぼこ　ぼうやの
はだかんぼで、
あっち　みて　うふん。
こっち　みて　うふん。

ぐりんぴーすさんは、
ぐりんぴーすさんなのが
うれしいのね。

きょうだい　いっぱい
ゆりかごで、

まるまる　ころころ
おおきく　なっちゃって。
もう　そとへ
とんで　でたいのね。

にんじんさんは、
にんじんさんなのが
うれしいのね。

おふろから
あがったばかりのように。
いつも　にこにこ
いい　おかおで。

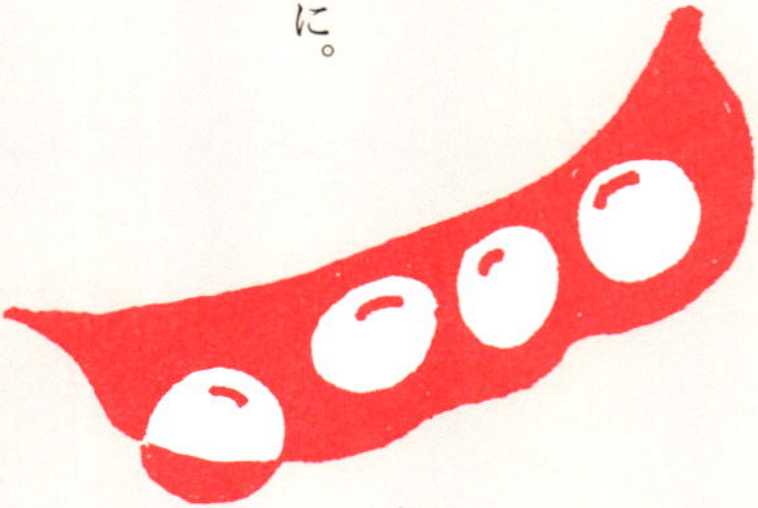

なすびさんは、
なすびさんなのが
うれしいのね。

つやつや　ほっぺに
そら　なんか
うつしちゃって。
ぼうし　なんか
かぶっちゃって。

ぴーまんさんは、
ぴーまんさんなのが
うれしいのね。

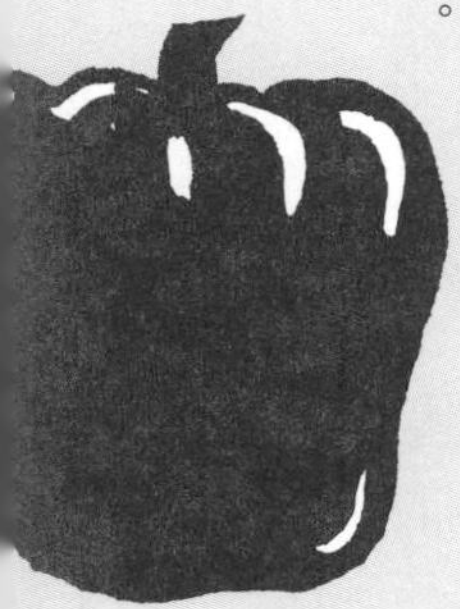

からだじゅう、
みどりの　みどりの
ぴっかぴかの
さらっぴんで。

やさいさんたち、
みーんな　みんな　うれしいのね。
だいすきな　やさいさんに
してもらっちゃって。
かみさま　ありがとう！　って
いってるのね。

## どうして　いつも

太陽
月
星

そして
雨
風
虹
やまびこ

ああ　一ばん　ふるいものばかりが
どうして　いつも　こんなに
一ばん　あたらしいのだろう

# イヌはイヌだ

イヌは
イヌだ
いつでも
イヌだ
ふしぎなことに

ネコは
ネコだ
いつでも
ネコだ
あきれたことに

オレは
オレだ
ときどき
オレだ
しんどいことに

# 木

木が　そこに立っているのは
それは木が
空にかきつづけている
きょうの日記です

あの太陽にむかって
なん十年
なん百年
一日《じつ》一ときの休みなく
生きつづけている生命《いのち》のきょうの…

雨や
小鳥や
風たちがきて
一心に読むのを　きくたびに
人は　気がつきます

この一つしかない　母の星
みどりの地球が
どんなに心のかぎり
そこで　ほめたたえられているかに

人の心にも
しみじみ　しみとおってくる
地球ことばなのに
宇宙ことばかもしれない
はるかな　しらべで…

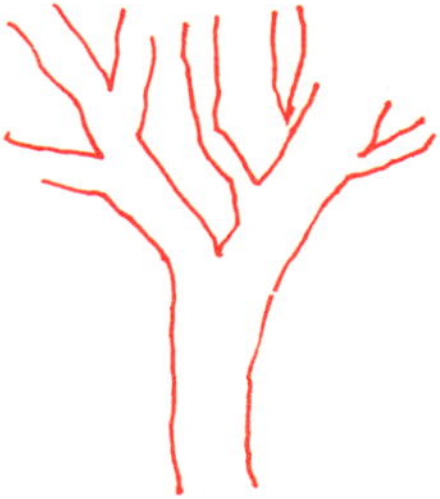

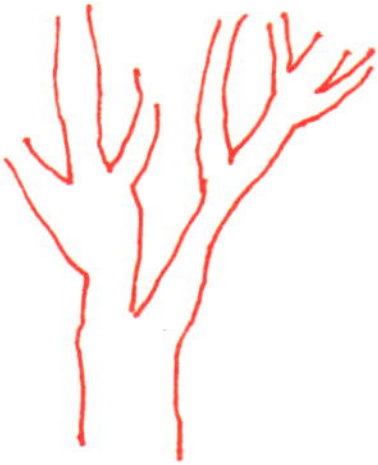

# ナメクジ

ナメクジのことを　おばあちゃんは
ナメクジラと　いうけれど…

なるほど　ぎんの波　ひとすじ
うしろに　ひいて
口笛の　ふんすい　ふきあげながら
すべっている
クジラのように　どうどうと…

それは　ほんとうは
こんな　きたならしい
くさりかけた　コケのうえではなくて
かみさまの
はてしなく　まぶしい
宇宙の　きょうの日記のうえを
すべっている　ところだからなのか！

ぼくたち　すべての生き物とならんで
きらめく星のかなたを　めざし…

# つけものの　おもし

つけものの　おもしは
あれは　なに　してるんだ

あそんでるようで
はたらいてるようで

おこってるようで
わらってるようで

すわってるようで
ねころんでるようで

ねぼけてるようで
りきんでるようで

こっちむきのようで
あっちむきのようで

おじいのようで
おばあのようで

つけものの　おもしは
あれは　なんだ

# チョウチョウ

こころなら
こんなに　きれいなの…

そう　いって
でてくるのかしら
もじゃもじゃけむしから
いつも
チョウチョウは

# キリン

みおろす　キリンと
みあげる　ぼくと
あくしゅ　したんだ
めと　めで　ぴかっと…

そしたら
せかいじゅうが
しーんと　しちゃってさ
こっちを　みたよ

# なのはなと　ちょうちょう

なのはな
なのはな
ちょうちょうに
なあれ

ちょうちょう
ちょうちょう
なのはなに
なあれ

# さかな

さかなやさんが
さかなを　うってるのを
さかなは　しらない

にんげんが　みんな
さかなを　たべてるのを
さかなは　しらない

うみの　さかなも
かわの　さかなも
みんな　しらない

# キリン

キリンを　ごらん
足が　あるくよ

顔

くびが　おしてゆく
そらの　なかの

顔

キリンを　ごらん
足が　あるくよ

# ミミズ

ひとりで
もつれることが　できます

ひとりで
もつれてくることが　あります

ひとりで
もつれてみることが　あります

あんまり
かんたんな　ものですから
じぶんが…
で　ちきゅうまでが…

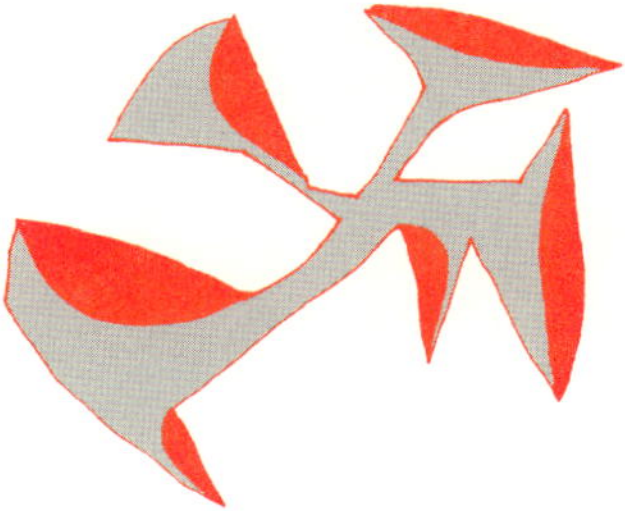

# へんてこりんの　うた

へんてこりんが　ないている
わらいながら　わらいながら
ないている
へんてこりんの　へんちくりんの
みょうちきりん
どこかで　ないている

へんてこりんが　はしってる
とまったままで　とまったままで

はしってる
へんてこりんの　へんちくりんの
みょうちきりん
どこかで　はしってる

へんてこりんが　うたってる
だまったままで　だまったままで
うたってる
へんてこりんの　へんちくりんの
みょうちきりん
どこかで　うたってる

# いちばんぼし

いちばんぼしが　でた
うちゅうの
目のようだ

ああ
うちゅうが
ぼくを　みている

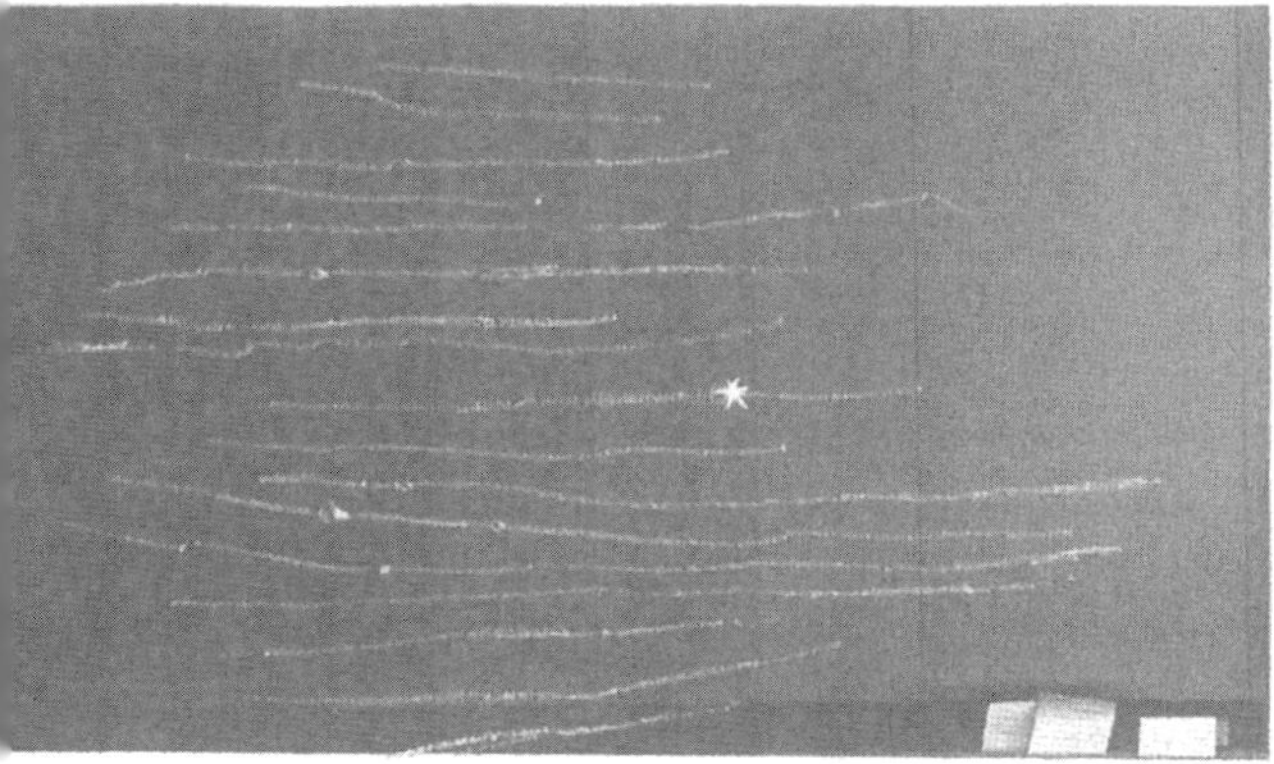

# ことり

そらの
しずく？
うたの
つぼみ？
目でなら
さわっても　いい？

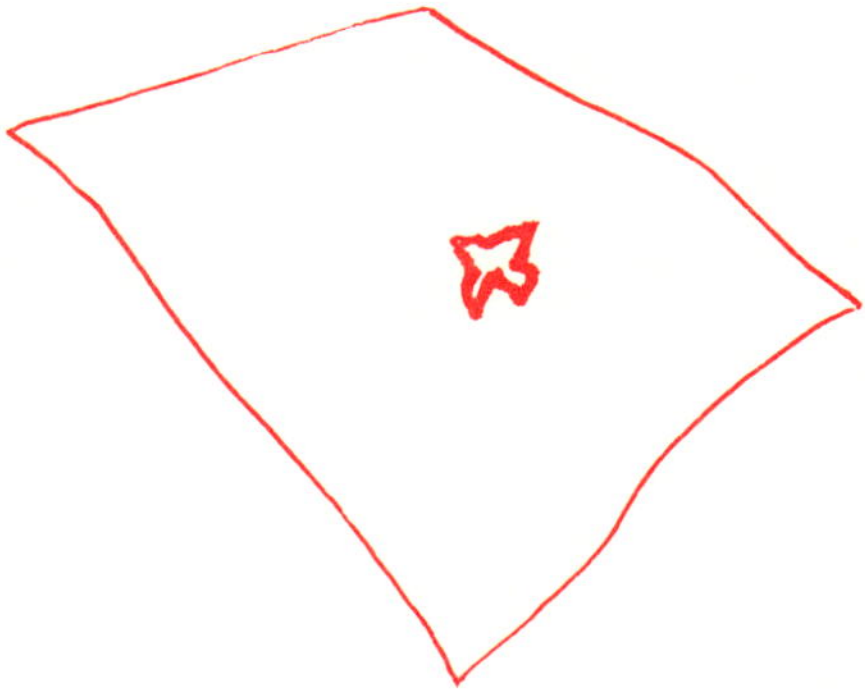

# まきば

あそこに
うしが
かたまっているよ

うしだけの
ないしょの　はなし
してるみたいに…

あ
ちょうちょが
とんでいく
なんの　ようじかしら…

## ブタ

どんなことを
もうされるにも
口さきだけでは　ありません
おなかの　そこからであります

たとえ
ひとりごとでも
ねごとでも
しゃっくりでも

もっとも
その　ほかのことは
なんにも
もうされないようでありますが

# アリ

アリを見ると
アリに　たいして
なんとなく
もうしわけ　ありません
みたいなことに　なる

いのちの　大きさは
だれだって
おんなじなのに
こっちは　そのいれものだけが
こんなに
ばかでかくって…

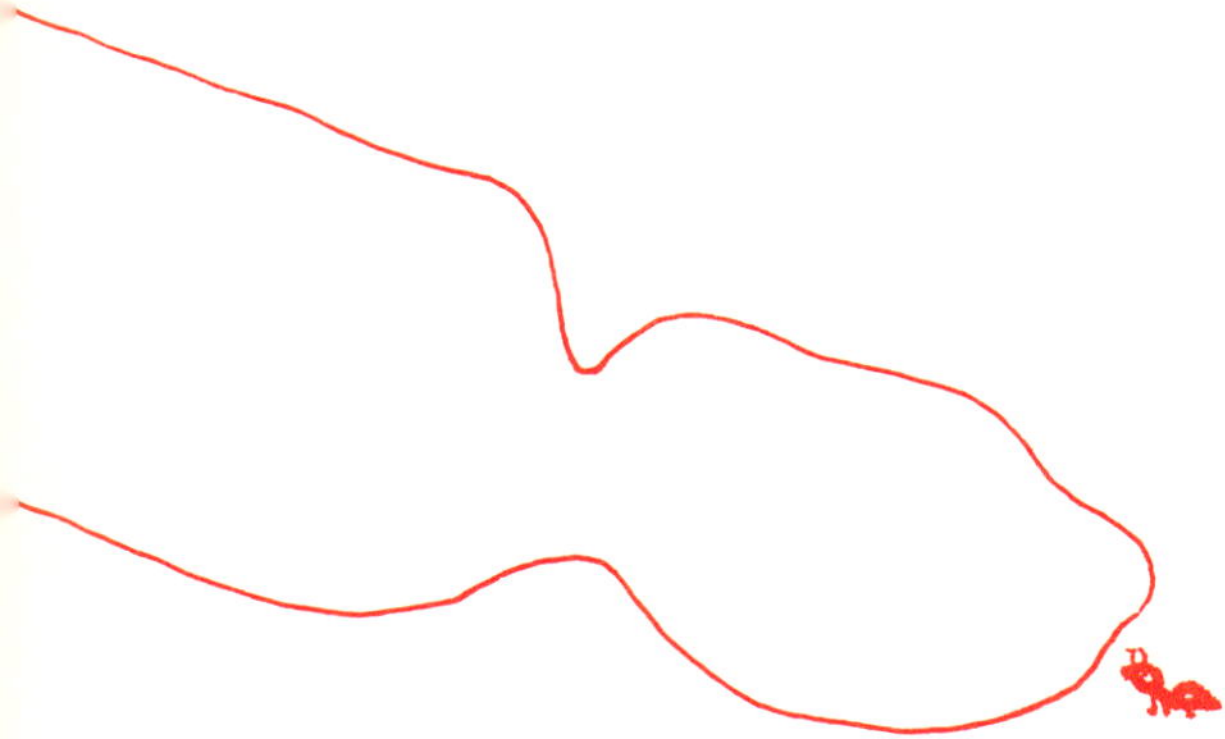

# アリ

アリは
あんまり　小さいので
からだは　ないように見える

いのちだけが　はだかで
きらきらと
はたらいているように見える

ほんの　そっとでも
さわったら
火花が　とびちりそうに…

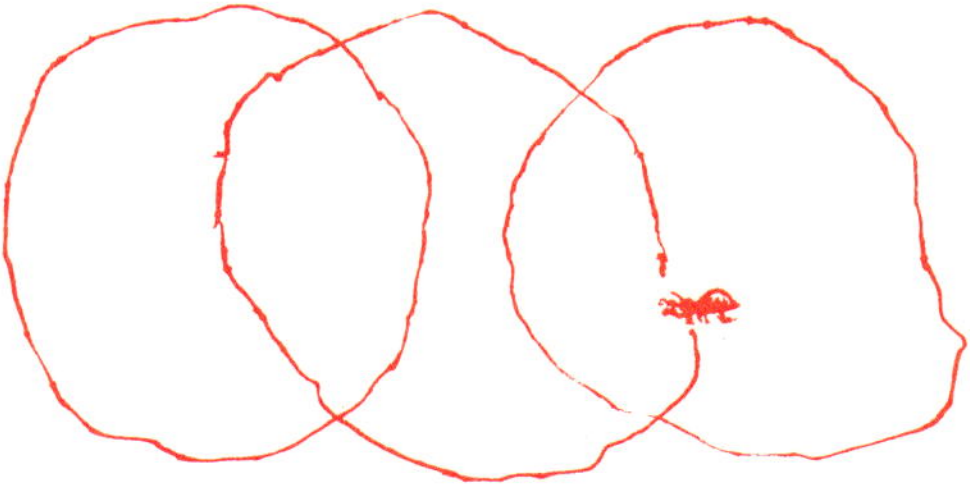

# にじ

いろが
みんなで
おんがく　してる

ああ　きれい

てんの
こころの
うた　みたい

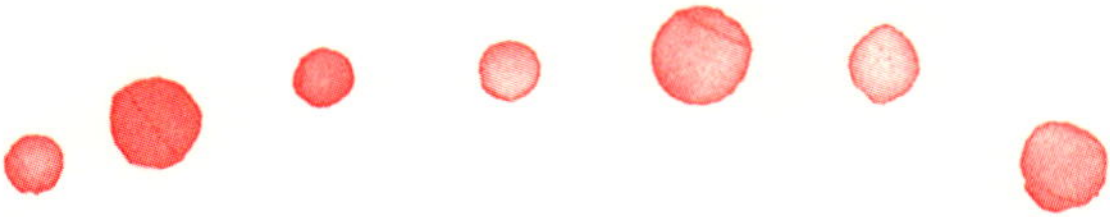

# チョウチョウ

チョウチョウは
ねむる　とき
はねを　たたんで　ねむります

だれの　じゃまにも　ならない
あんなに　小さな　虫なのに
それが　また
はんぶんに　なって

だれだって　それを見ますと
せかいじゅうに
しーっ！
と　めくばせ　したくなります

どんなに　かすかな　もの音でも
チョウチョウの　ねむりを
やぶりはしないかと…

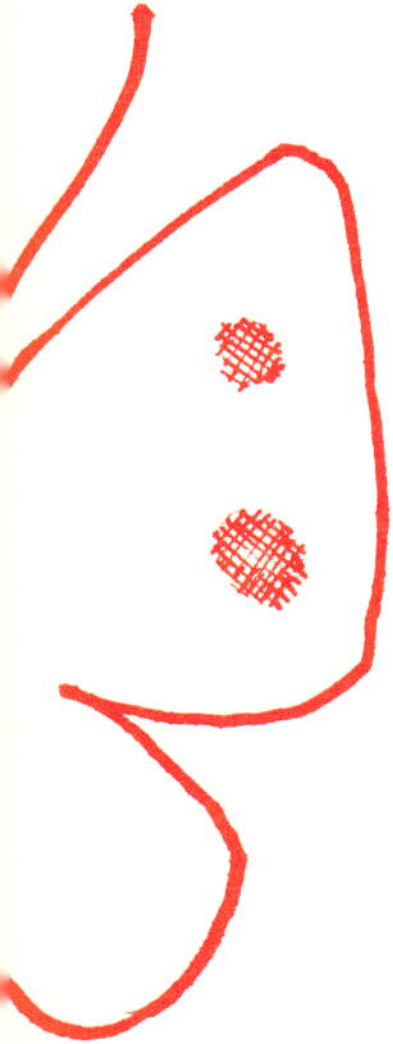

# トンボと　そら

トンボが
とびさった　あとの
ひさしの　かどに
そらが
おりてきている

トンボが
そこに
とまっていた　ことの
きねんのように

いつでも
だれの　ときにでものように
さびしそうに
ひかって

# ひよこが　うまれた

ひよこが　うまれた
ぴよ　ぴよ
ほんとに　うまれた
ぴよ　ぴよ
　せかいじゅうの　ほしが
　ぜんぶ　ともって
　わらった

ひよこが　あるいた
ぴよ　ぴよ
ほんとに　あるいた
ぴよ　ぴよ

せかいじゅうの　はなが
ぜんぶ　ひらいて
わらった

# いきもののくに

一ぽ外へ　出てみると
アリの歩き方で
アリが　歩いている
チョウチョウの　とび方で
チョウチョウが　とんでいる
スズメが　スズメのことばで
しゃべっている

木の立ち方で立っている　木が
空にのばしている手の指先にとまって…
一ぽ外へ　出てみさえすれば…

ああ　いきもののくにだ
わかりきっているのに　ここは！

# はるのさんぽ

どこも　かしこも　いちめんの
なのはな　レンゲソウ

ほら　あそこを　のそり　のそりと
ウシが　あるいているでしょう

あれは
のそりのそりに　ウシが　のって
ウシに　そよかぜが　のって
そよかぜに　ヒバリが　のって
ヒバリに　おひさまが　のって
五人のりの　サーカスが
のそり　のそり　のそりと
はるの　さんぽに
でかける　ところですよ

のはらの　ずっと　むこうの
やまびこさんの　おたくの方まで

# たんたん　たんぽぽ

たんたん　たんぽぽ
みいつけた
ちょうちょが　とまって
いたからよ

つんつん　つくしんぼ
みいつけた
すみれと　ならんで
いたからよ

# 地球の用事

ビーズつなぎの　手から　おちた
赤い　ビーズ

指さきから　ひざへ
ひざから　ざぶとんへ
ざぶとんから　たたみへ
ひくい　ほうへ
ひくい　ほうへと

かけて　いって
たたみの　すみの　こげあなに
はいって　とまった

いわれた　とおりの　道を
ちゃんと　かけて
いわれた　とおりの　ところへ
ちゃんと　来ました
と　いうように
いま　あんしんした　顔で
光って　いる

ああ　こんなに　小さな
ちびちゃんを
ここまで　走らせた
地球の　用事は
なんだったのだろう

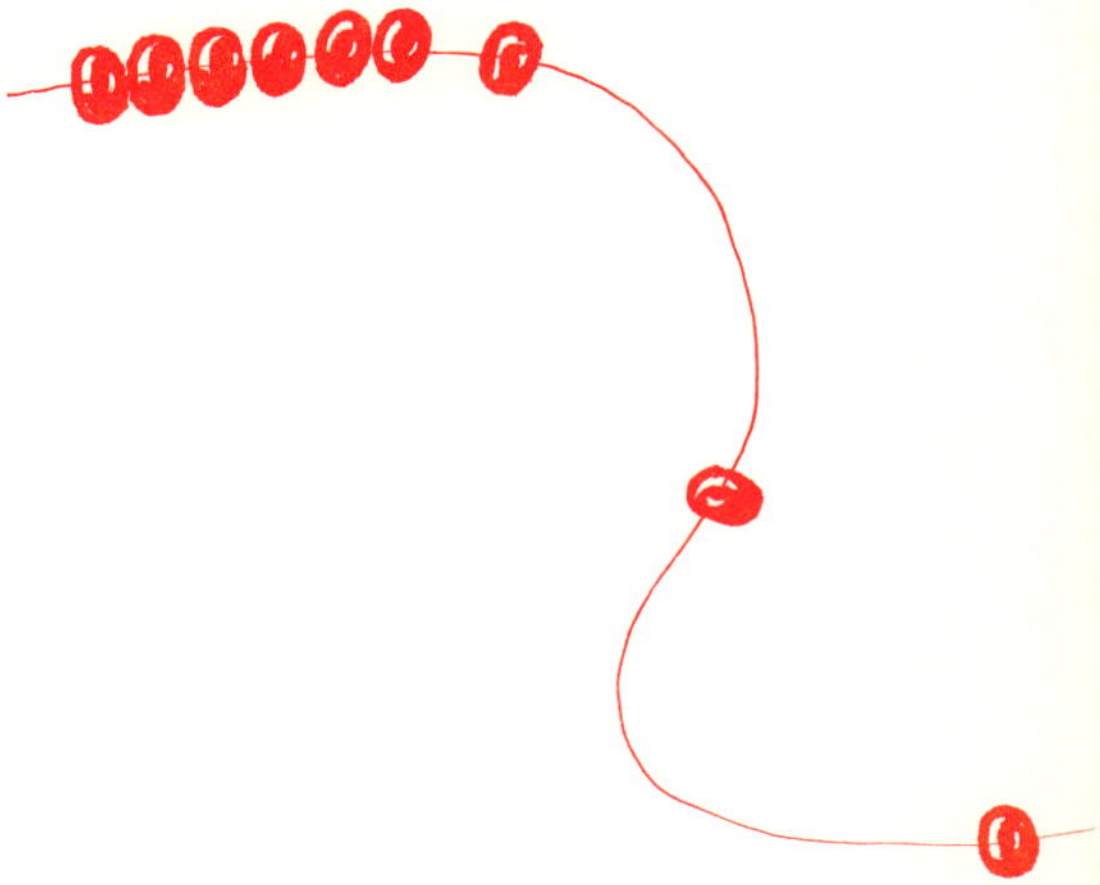

# おんなじ　やさい

おやおや　おんなじ　やさいにも
はっぱが　あるよ
キャベツと　はくさい
みずなと　みつば
はっぱだ　はっぱだ
はっぱっぱ

おやおや　おんなじ　やさいにも
みが　あるよ

トマトと　きゅうり
なすびと　かぼちゃ
あかい　み　あおい　み
み　み　み

おやおや　おんなじ　やさいにも
ねっこが　あるよ
だいこんと　にんじん
ごぼうと　かぶら
ねっこだ　ねっこだ
ねっこっこ

# 「あたし」

「わたし」では
なんだか　でしゃばって　ひらべったい
「わたくし」では
おおげさに　おばさんじみる
「ぼく」では　うふふ
おとこの子だ

すきなのは「あたし」だけれど

でも　もうすこし
はればれ　していたら…と思う

「ことばは生きている！」
と　先生がおっしゃった
そだっていけ！
「あたし」よ

あたしたち
元気なおんなの子に　ぴったりの
ゆたかな
よがあけるような　ことばに…

# ふたあつ

ふたあつ、ふたあつ、
なんでしょか。
おめめが、一、二、
ふたつでしょ。
おみみも、ほら、ね、
ふたつでしょ。

ふたあつ、ふたあつ、
まだ、あって。

おてが、一、二、
ふたつでしょ。
あんよも、ほら、ね、
ふたつでしょ。

まだ、まだ、いいもの、
なんでしょか。
まあるい　あれよ、
かあさんの、
おっぱい、ほら、ね、
ふたつでしょ。

# おかあさん

おかあさんは
ぼくを　一ばん　すき！

ぼくは
おかあさんを　一ばん　すき！

かぜ　ふけ　びょうびょう
あめ　ふれ　じゃんじゃか

# にじ

にじ
にじ
にじ

ママ
あの　ちょうど　したに
すわって
あかちゃんに
おっぱい　あげて

# かき

かきが　まっかに
うれたので
からすが　みんなに
しらせます
かあ　かあ
かきのみ
まっかっかあ

かきの　おしらせ
すんだあと
からすが　みんなに
たずねます
かあ　かあ
たべても
いいですかあ

# さくら

さくらの　つぼみが
ふくらんできた

と　おもっているうちに
もう　まんかいに　なっている

きれいだなあ
きれいだなあ

と　おもっているうちに
もう　ちりつくしてしまう
まいねんの　ことだけれど
また　おもう

いちどでも　いい
ほめてあげられたらなあ…と

さくらの　ことばで
さくらに　そのまんかいを…

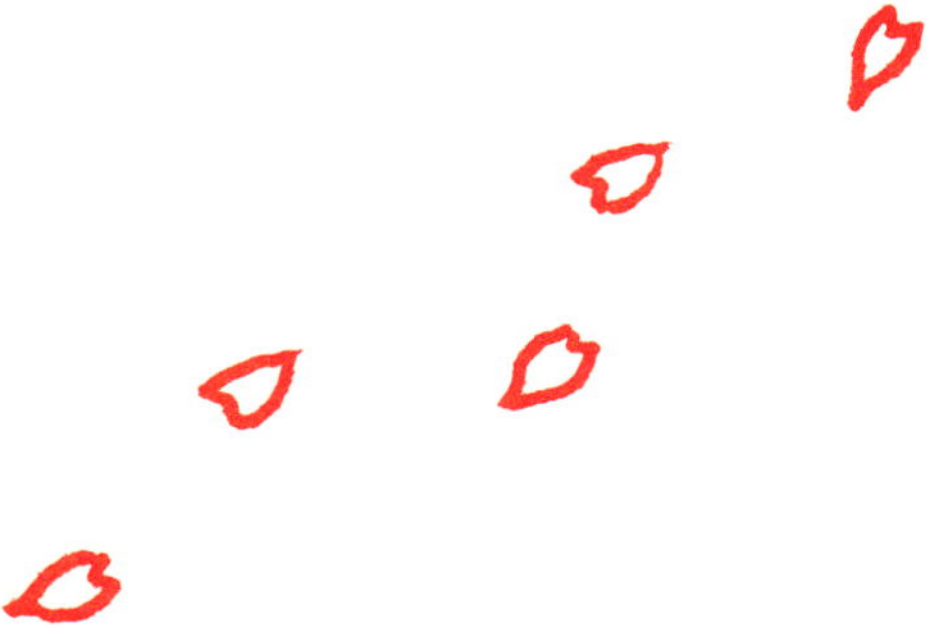

# つきの　ひかり

つきの　ひかりの　なかで
つきの　ひかりに　さわれています
おふろあがりの
あたしの　きれいな手が

うちゅうの
こんなに　ちかい　ここで
さわるようにして

うちゅうの
あんなに　とおい　あそこに　さわる
みえない　しらない　おおきな手に
あわせるようにして

つきの　ひかりの　なかで
つきの　ひかりに　さわれています
つきの　ひかりに　さわられながら

# 落葉

人の耳には　ただ
「かさっ…」としかひびきませんが
その一言を　忘れる落葉はありません
きん色の秋の空から　おりてきて
いま　地面にとどいた
という　その一しゅんに

「ただいま…」
なのでしょうね　それは
長い長い旅のバトンタッチを終えて
ようやっと　ふるさとの
わが家の門に　たどりつき
ようやっと　それだけ言えた

そして　たぶん　それには
大地のお母さんの
「おかえりなさい…」
も重なっているのでしょう

「おつかれさま
さあ　私の胸でゆっくりお休み…」
という　思いのこもった

そのうえ　ほんとうは　それには
宇宙のお父さんの
「さあ　元気に行っておいで…」
もまた　重なっているのでしょう
大地に休むということは
明日《あした》の生命《いのち》を　育てるための
「土」への　出発なのでしょうから

人の耳には　ただ
「かさっ…」としかひびきませんが

# かがみ

この地球のうえには
ほうぼうに置いてあります
海や
川や
湖水《みずうみ》など
さまざまな美しいかがみが

それが　そこに置いてある…
ということよりも相応《ふさ》わしいことは
この世の中にないかのように

それは　私たち
生き物だけのためにでしょうか
山や
雲
太陽や
星たちでさえ
じぶんの顔を見たくなることが
あるからではないでしょうか

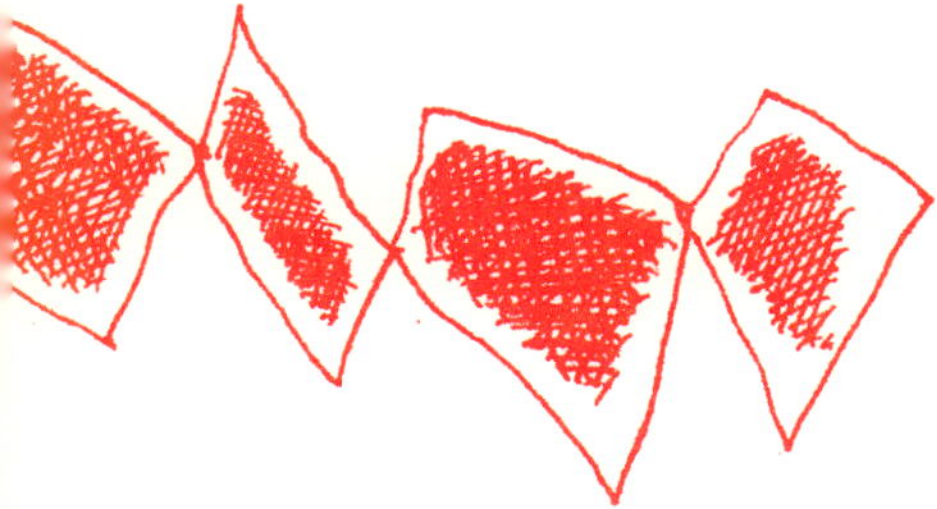

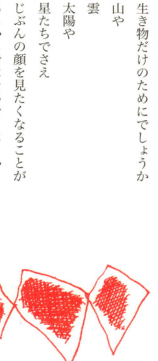

# せんねん　まんねん

いつかのっぽのヤシの木になるために
そのヤシのみが地べたに落ちる
その地ひびきでミミズがとびだす
そのミミズをヘビがのむ
そのヘビをワニがのむ

そのワニを川がのむ
その川の岸ののっぽのヤシの木の中を
昇っていくのは
今まで土の中でうたっていた清水
その清水は昇って昇って昇りつめて
ヤシのみの中で眠る
その眠りが夢でいっぱいになると
いつかのっぽのヤシの木になるために
そのヤシのみが地べたに落ちる
その地ひびきでミミズがとびだす
そのミミズをヘビがのむ
そのヘビをワニがのむ

そのワニを川がのむ
その川の岸に
まだ人がやって来なかったころの
はるなつあきふゆ　はるなつあきふゆの
ながいみじかい　せんねんまんねん

ケムシ――（「けしつぶうた」より）

さんぱつは　きらい

ニンジン――（「メモあそび」より）

おふろあがり

ゴボウ――（「メモあそび」より）

なまえの　とおり
ぼうで　ございます

もやし――（「けしつぶうた」より）

うえを
したへの
おおさわぎ

## ちゃわん——（「メモあそび」より）

「おなまえは？」

「たたいてみてください」

—ちゃわん

## ゾウ　2——（「けしつぶうた」より）

すばらしい　ことが
あるもんだ
ゾウが
ゾウだったとは
ノミでは　なかったとは

するめ

とうとう
やじるしに　なって
きいている

うみは
あちらですかと…

# ナマコ

ナマコは　だまっている
でも
「ぼく　ナマコだよ」って
いってるみたい

ナマコの　かたちで
いっしょうけんめいに…

# やぎさん　ゆうびん

しろやぎさんから　おてがみ　ついた
くろやぎさんたら　よまずに　たべた
しかたがないので　おてがみ　かいた
―さっきの　おてがみ
ごようじ　なあに

くろやぎさんから　おてがみ　ついた
しろやぎさんたら　よまずに　たべた
しかたがないので　おてがみ　かいた
―さっきの　おてがみ
ごようじ　なあに

# ふしぎな　ポケット

ポケットの　なかには
ビスケットが　ひとつ
ポケットを　たたくと
ビスケットは　ふたつ

もひとつ　たたくと
ビスケットは　みっつ
たたいて　みるたび
ビスケットは　ふえる

そんな　ふしぎな
ポケットが　ほしい
そんな　ふしぎな
ポケットが　ほしい

# おならは　えらい

おならは　えらい
でてきた　とき
きちんと
あいさつ　する

こんにちは　でもあり
さようなら　でもある
あいさつを…

せかいじゅうの
どこの　だれにでも
わかる　ことばで…

えらい
まったく　えらい

# かみなりさんは

かみなりさんは
天の　くしゃみ
でっかいぞ
でっかいぞ
人の　くしゃみなんか
ノミの　くしゃみ

山の　ふんかは
大地の　おなら
すっごいぞ
人の　おならなんか
カの　おなら

# カのオナラ

いうのも
きがひけるんだが
ふと　おもったんだよなあ
―カのオナラ…
かわいい　というには
かすかすぎる　オトもカオリも…

いや　ちがいすぎる
コチラの　おもいとは　なあ

もしかして　アチラへ
もっていけんもんだろか　なあ
あの　エンマさんだって
ニコニコ　なさるだろうに　なあ

と　おもっちゃうんだよな
オナラびいきジジイめ
ついつい
おくめんもなく　なあ…

## はなくそ　ぼうや

ぼくがフルスピードでかけているとき
ぼくがジュースをのんでいるとき
ぼくがげんこつ振りまわして
わめきちらしているとき

ぼくがげらげら笑っているとき
ぼくがぐうすか眠っているとき

いいや　ぼくが何をしていても
していなくても
世界がひっくりかえっても
そんなことには　おかまいなく
おまえは肥りつづけていたんだ

ぼくの顔のまん中の
鼻のおくに　じんどって
ひとり　にこにこ　まるまると

そして　今ごろ
はなくそぼうやよ
ぼくのひとさし指のてっぺんに
つまみだされて
おまえは　そんなに珍しそうに
四方八方を　見まわしているのか
―いったい　ここはどこですか？
そんで　ぼくはだれですか？

# あかちゃん

あかちゃんが　おなら　した
ことりが　ないたみたいに
あのまま　とっておきたかったね
おかあさん
おとうさんが　おかえりまで
あかちゃんが　いつか
およめさんに　なる　ひまで

あかちゃんが　あくび　した
おはなが　さいたみたいに
あのまま　とっておきたかったね
おかあさん
おとうさんが　おかえりまで
あかちゃんが　いつか
おばあさんに　なる　ひまで

# アリくん

アリくん　アリくん
きみは　だれ
にんげんの　ぼくは
さぶろうだけど
アリくん　アリくん
きみは　だれ

アリくん　アリくん
ここは　どこ
にんげんで　いえば
にっぽんだけど
アリくん　アリくん
ここは　どこ

# 石ころ

石ころ　けったら
ころころ　ころげて
ちょこんと　とまって
ぼくを　見た
—もっと　けってと　いうように

もいちど　けったら
ころころ　ころげて
それから　ぽかんと
空を　見た
—雲が　行くよと　いうように

そうかい　石ころ
きみも　むかしは
天まで　とどいた
岩山だったか
—雲を　ぼうしに　かぶってね

石ころ　だまって
やっぱり　ぽかんと
あかるい　あかるい
空を　見てる
—星が　見えると　いうように

# リンゴ

リンゴを　ひとつ
ここに　おくと

リンゴの
この　大きさは
この　リンゴだけで
いっぱいだ

リンゴが　ひとつ
ここに　ある
ほかには
なんにも　ない

ああ　ここで
あることと
ないことが
まぶしいように
ぴったりだ

# ぼくが　ここに

ぼくが　ここに　いるとき
ほかの　どんなものも
ぼくに　かさなって
ここに　いることは　できない

もしも　ゾウが　ここに　いるならば
そのゾウだけ
マメが　いるならば

その一つぶの　マメだけ
しか　ここに　いることは　できない

ああ　このちきゅうの　うえでは
こんなに　だいじに
まもられているのだ
どんなものが　どんなところに
いるときにも

その「いること」こそが
なににも　まして
すばらしいこと　として

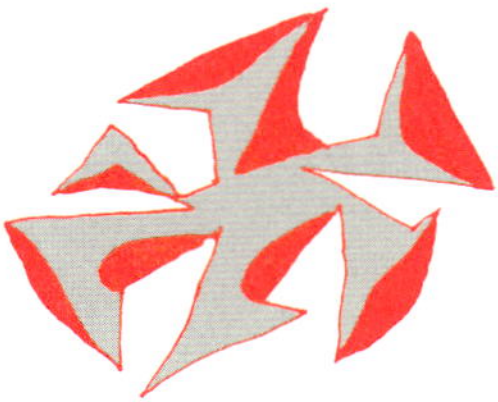

まど・みちお
一九〇九年山口徳山に生まれる。一九五二年「ぞうさん」團伊玖磨作曲NHKラジオ「うたのおばさん」で初放送、全国に広まる。一九九二年『まど・みちお全詩集』理論社刊。美智子選・訳『THE ANIMALS どうぶつたち』安野光雅絵・すえもりブックス刊。一九九四年国際アンデルセン賞作家賞受賞。二〇〇五年親友阪田寛夫死去。二〇一四年死去享年一〇四歳。童話屋詩集『くまさん』『せんねん　まんねん』『ぼくが　ここに』『赤ちゃんとお母さん』『えいご・まどさん』。自分が自分に生まれてきてうれしい——「ぞうさん」「くまさん」「うさぎ」「いいな　ぼく」「みちばたの　くさ」「いっぱい　やさいさん」「ぼくが　ここに」など存在の詩を生涯書きつづけた。

# 編者あとがき――子どもたちに

田中和雄

詩はどんな風に読んでもいい、とまどさんは言います。「ぞうさん」の鼻が長いのは――「いいなあ、うらやましいなあ」と読んでもいいし、「母さんとおんなじだからうれしい」と読むのも、「ふつうじゃないよ、おかしいよ」と読むのも、読む人の自由で、どれも正解だと言うのです。

しかし、「ぞうさん」の詩としては、自分はこう読まれたがっている、というのがあるんだ、とまどさんは言います。では、「ぞうさん」の詩は、どう読まれたがっているのでしょう――。

森の仲間たち、ライオンやカバやキリンたちが、ぞうの子どもに「やあい、きみの鼻は長くておかしいや」とからかった。すると、ぞうの子どもは、苛められてへこたれると思いきや、自分の長い鼻を空にかかげて「そうだよ、母さんの鼻だって長いんだもん」と自慢した。だからこの詩は、ぞうに生まれてうれしいぞうの詩と読まれたがっている。（「まどさんのうた」阪田寛夫）

「自分が自分に生まれてよかったな」と喜ぶ詩は、自分の存在を肯定する「存在の詩」です。童謡の名曲として登場して、幼い子にも親しまれる「ぞうさん」が実は存在の詩だったとはこれまで知られていませんでした。それを見つけたのは「サッちゃん」の作者阪田寛夫さんです。阪田さんは、「ぞうさん」の他にも「くまさん」や「うさぎ」などたくさんある、と言います。

まどさんは百四歳で亡くなりました。ぼくらと同時代に生きて、子どもたちの生きる力になる詩をたくさん遺してくださったまどさんに、みんなでお礼を言いましょう。

地球の用事「てんぷらぴりぴり」大日本図書
おんなじ　やさい「おおきい木」ドレミ楽譜出版社
「あたし」「ことばのうた」かど創房
ふたあつ「地球の用事」JULA 出版局
おかあさん「いいけしき」理論社
にじ「まめつぶうた」理論社
かき「ぞうさん　まど・みちお子どもの歌 100 曲集」フレーベル館
さくら「風景詩集」かど創房
つきのひかり「まめつぶうた」理論社
落葉「風景詩集」かど創房
かがみ「風景詩集」かど創房
せんねん　まんねん「まめつぶうた」理論社
ケムシ「まめつぶうた」理論社
ニンジン「いいけしき」理論社
ゴボウ「いいけしき」理論社
もやし「まめつぶうた」理論社
ちゃわん「いいけしき」理論社
ゾウ・2「まめつぶうた」理論社
するめ「まめつぶうた」理論社
ナマコ「いいけしき」理論社
やぎさん　ゆうびん「ぞうさん」国土社
ふしぎな　ポケット「ぞうさん」国土社
おならは　えらい「しゃっくりうた」理論社
かみなりさんは「まど・みちお全詩集」理論社
カのオナラ「ネコとひなたぼっこ」理論社
はなくそ　ぼうや「まめつぶうた」理論社
あかちゃん「まど・みちお全詩集」理論社
アリくん「いいけしき」理論社
石ころ「てんぷらぴりぴり」大日本図書
リンゴ「まめつぶうた」理論社
ぼくが　ここに「ぼくが　ここに」童話屋

## 出典一覧

ぞうさん「ぞうさん」国土社
くまさん「ぞうさん」国土社
うさぎ「ぞうさん　まど・みちお子どもの歌100曲集」フレーベル館
いいな　ぼく「まど・みちお全詩集」理論社
みちばたの　くさ「めだかのがっこう」カワイ出版
いっぱい　やさいさん「いっぱい　やさいさん」至光社
どうしていつも「宇宙のうた」かど創房
イヌはイヌだ「ネコとひなたぼっこ」理論社
木「まめつぶうた」理論社
ナメクジ「動物のうた」かど創房
つけものの　おもし「てんぷらぴりぴり」大日本図書
チョウチョウ「いいけしき」理論社
キリン「いいけしき」理論社
なのはなと　ちょうちょう「ぞうさん」国土社
さかな「いいけしき」理論社
キリン「まめつぶうた」理論社
ミミズ「動物のうた」かど創房
へんてこりんの　うた「ぞうさん」国土社
いちばんぼし「まめつぶうた」理論社
ことり「いいけしき」理論社
まきば「まど・みちお全詩集」理論社
ブタ「まめつぶうた」理論社
アリ「動物のうた」かど創房
アリ「動物のうた」かど創房
にじ「まど・みちお全詩集」理論社
チョウチョウ「動物のうた」かど創房
トンボと　そら「しゃっくりうた」理論社
ひよこが　うまれた「まど・みちお全詩集」理論社
いきもののくに「しゃっくりうた」理論社
はるのさんぽ「まめつぶうた」理論社
たんたん　たんぽぽ「ぞうさん」国土社

この詞華集は『まど・みちお全詩集』（理論社）二〇〇二年五月・新訂版第三刷、『続　まど・みちお全詩集』（理論社）二〇一六年二月・第二刷を底本としました。

JASRAC 出 1812199-406

まど・みちお詩集　ぞうさん

二〇一九年一月二三日初版発行
二〇二四年八月一日第六刷発行
詩　まど・みちお
発行者　金丸千花
発行所　株式会社　童話屋
〒020-0871　岩手県盛岡市中ノ橋通二—一〇—一—七〇三
電話〇一九—六一三—五〇三五
製版・印刷・製本　株式会社　精興社
NDC九一一・一六〇頁・一五センチ


ISBN978-4-88747-136-8